I0548602

L'AFFERMISSEMENT

DE

LA QUATRIÈME DYNASTIE

PAR LA NAISSANCE

DU ROI DE ROME.

ODE

PAR M. DE BOISJOSLIN, EX-TRIBUN.

A PARIS,

DE L'IMPRIMERIE DE FIRMIN DIDOT,

RUE JACOB, Nº 24.

1811.

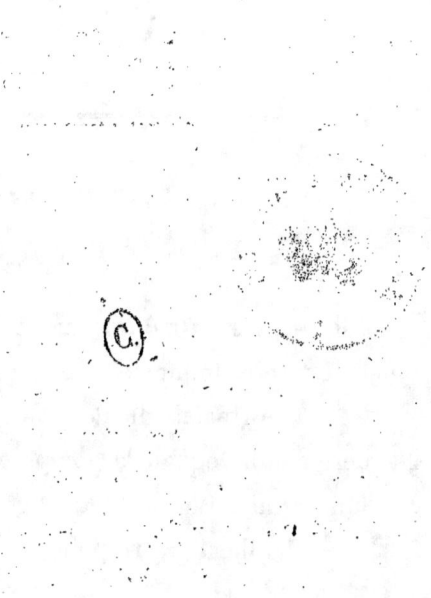

L'Affermissement

De la Quatrième Dynastie,

Par la Naissance

Du

Roi de Rome.

Ode.

...... *Spes tanta nepotum !*
Virgile, Enéide, liv. 2.

Sur les degrés du trône, auprès de l'Hyménée,
Quelle est cette Immortelle, en nos jours ramenée
  Au palais du Pouvoir ?
Naguère elle invoquait la pompe nuptiale ;
Et d'un premier rameau de la tige royale
  Elle adore l'espoir.

ODE.

C'est toi, toi dont les bras, comblant un précipice,
Tendent d'un règne à l'autre une chaîne propice,
      Paisible hérédité!
Telle au berceau d'un fleuve on peint l'urne immobile;
L'onde succède à l'onde, et le fleuve tranquille
      Enrichit la Cité.

                    wwwwww

Si le marbre, animé par le ciseau fidèle,
Nous émeut sous les traits de l'auguste modèle
      Que possèdent nos vœux;
Quels transports, ô Déesse! et quel plus tendre hommage!
Quand naîtra du Monarque une vivante image,
      Trésor de nos neveux!

                    wwwwww

Il est né, l'héritier d'un double diadême;
De la gloire d'un père; et de la tienne même,
      Nation de guerriers!
N'implore point du temps une grandeur future;
La grandeur est présente, et hors de son injure
      Sous l'abri des lauriers.

Il est né! quelle voix, quelle assez douce lyre
Rendra l'enchantement des pleurs et du sourire
      Dans les yeux maternels!
Reprends ton luth divin pour ce charme céleste,
O toi, qu'honore aussi l'époux d'une autre Alceste,
      Dieu des chants solemnels!

Ah! si de ton exil, rappelé par la gloire,
Tu revins parmi nous, quand revint la victoire
      Des plaines de Memphis;
Suspends les chants guerriers! Bienfaiteur d'un grand homme,
Le ciel joint aux splendeurs de l'Empire et de Rome,
      Le premier jour d'un Fils;

Peins à-la-fois un Père et l'arbitre du monde,
Que la nature émeut, que Dieu même seconde:
      Tendre et grand tour-à-tour;
Et de loin décorant d'époques fortunées
Les destins de son peuple unis aux destinées
      Du Fils de son amour.

ODE.

La voix du jeune Hymen que Lucine couronne,
Du Danube qu'il aime, et qu'honore Bellone,
    Anime le repos ;
Le fleuve fraternel, aux rochers d'Hercinie,
Court, généreux Hermann, réjouir ton génie
    Du bonheur d'un Héros.

Neptune se rassure, et l'aurore est prochaine
Qui reverra ses flots délivrés de leur chaîne
    Par un bras triomphant ;
Crois-en l'arrêt du sort, roi du Fleuve insulaire !
Le monde entier s'émeut d'un espoir séculaire
    Au berceau d'un enfant.

Cet enfant rajeunit la terre de Saturne ;
Ascagne, ô fleuve roi ! n'apportait à ton urne
    Qu'un débris d'Ilion ;
Virgile ! à tes accents, par combien de merveilles,
Le berceau glorieux qu'entourent tes abeilles
    Eût charmé Pollion !

Pour Marcellus naissant, ta voix mélodieuse
Sut prêter à l'Acanthe, à l'Amôme, à l'Yeuse,
     Des prodiges divers;
Ah! si de tes accords la divine harmonie,
Fidèle aux grands destins de ta chère Ausonie,
     Daignait orner mes vers;

De Flore à cet enfant les plus douces familles
Offriraient d'un rival du roseau des Antilles
     Le nectar précieux;
Et pour lui renaîtrait d'une feuille indigène
L'azur que les tissus des toisons de Pyrène
     Devaient à d'autres cieux.

Mais d'un plus grand prodige impression profonde!
La Gaule ouvre un abri, sous le trône du monde,
     A la fille de Mars;
O Rome! en t'adoptant, la France maternelle
Te garantit le nom de la Ville Éternelle,
     Sous ses propres Césars.

Toi, sur-tout, noble Empire où le peuple est l'armée,
C'est pour toi que du ciel, sur la France charmée,
    Sont enfin descendus,
Le jour qui renouvelle un grand homme et la terre,
L'heureux mois de Minerve, et du Dieu de la Guerre,
    Père de Romulus! (1)

Aussi, tandis qu'au loin, premier signal des fêtes,
L'airain du Dieu de Paix, le bronze des conquêtes
    Résonnent à-la-fois,
La Seine, sous l'azur de son onde attentive,
Médite, aux pieds du Louvre, ornement de sa rive,
    L'avenir de ses Rois.

Nymphe, dans tout l'éclat d'un espoir magnifique,
Que peut prévoir jamais ton regard prophétique
    D'assez prodigieux,
Qui de ces rois futurs n'ouvre déja l'histoire;
Et dont leurs derniers fils ne rapportent la gloire
    Au chef de leurs aïeux.

(1) Les Romains avaient donné Minerve pour divinité tutélaire à ce mois, quoiqu'il eût pris son nom du dieu Mars.

Son pouvoir fait le bien que conçoit son génie;
Et tant de bienfaisance, à tant de force unie,
     Acquitte l'avenir.
Que dis-je! ô du trident usurpateur avare;
Et toi, divine Paix, vous savez s'il prépare
     Un plus grand souvenir!

Noble Enfant, précurseur de ces jours favorables,
Il reste à tes destins les vertus honorables
     D'un glorieux repos;
Qu'elles ornent ton cœur, et qu'un Père y dépose
Le trésor des leçons dont le secret repose
     Dans l'ame des héros.

Le trône attend alors de ses aigles fidèles
Moins l'éclat de leur vol que l'ombre de leurs ailes,
     Témoins de tant d'exploits;
Du fils de la Victoire élève pacifique,
Vois se fixer l'Empire à l'alliance antique
     Et des mœurs et des lois.

En maintenir l'honneur est ton heureux partage;
Écartons désormais les alarmes du sage
      Sur l'école des cours;
Pour apprendre à régner, reste à la cour d'un Père;
De la postérité le fantôme sévère
      Y veillera toujours.

Il en épure l'air aux rayons de la flamme
Qui du cœur paternel va passer en ton ame,
      Doux espoir des Français!
Dans le bonheur d'un peuple admirer ce qu'on aime,
Y voir la loi du trône où l'on touche soi-même,
      Quels garants des succès!

Fleur, qu'embellit l'éclat de ta double racine,
Quelle tige royale empreint son origine
      D'une égale splendeur?
Quelle si haute gloire, au ciel même épurée,
Flatta d'un avenir d'éternelle durée
      La suprême grandeur?

Mais quoi! ce long espoir, et ces vastes pensées!
Quand l'univers redit les races effacées
   Des plus grands potentats!
Quoi! de tant de débris la funèbre éloquence
Trace en vain sur la poudre, où rentre la puissance,
   La leçon des États?

     ~~~~~~~~~

Non. Mais lorsque des rois et des peuples sans nombre
Sur cent trônes changeants ont passé comme une ombre,
   D'Omar à Sésostris;
Quand la chûte du prince est celle de l'Empire;
Quand le royal pouvoir, malheureuse Palmyre,
   Est ton premier débris!

     ~~~~~~~~~

Loin cette urne du sort, illusion vulgaire,
Qui donne à la Fortune un droit imaginaire
   Sur les destins des rois!
France! par ton Héros la terre détrompée
Revêt de ce pouvoir la Balance et l'Épée,
   L'Héroïsme et les Lois.

Quel sceptre avait fixé cet art du Dieu des armes,
Couvrant des autres arts les labeurs ou les charmes,
         D'un abri glorieux?
Quel, avait affermi ces puissances suprêmes
De qui le livre d'or, appui des diadèmes,
         Semble la voix des cieux?

Royal Enfant, tes jours en sont la récompense.
Eh! pour prix des bienfaits qu'un grand homme dispense,
         Que peuvent les mortels?
Nous honorons de même et les cieux et la gloire,
Adressant de vains chants au Temple de Mémoire,
         Comme un hymne aux autels.

Mais, ô Muse, où trouver cette lyre thébaine,
Qui charmait les héros, aux rives de l'Ismène,
         Sous les murs d'Amphion?
Dis au moins de ces lieux un souvenir antique;
Et chante, à ce berceau, d'un Enfant héroïque
         La noble ambition.

Sur un double sommet, où le guidait Mercure,
Alcide, déja prêt à sa grandeur future,
        Aperçoit deux palais :
L'un dans un sol stérile est ceint de noirs orages ;
L'autre est environné, sous un ciel sans nuages,
        Des trésors de Palès [1].

Aux portes du premier, la Menace en alarmes
Glace d'un même effroi ceux qu'éloignent ses armes,
        Ceux qui passent le seuil ;
Au-dedans est un trône, au-dessous un abîme ;
Un phantôme farouche y siége avec le crime,
        La bassesse, et l'orgueil.

Il a pour sceptre un joug, il a pour lois ses vices ;
Et sans cesse il arrache un or que ses caprices
        Dissipent à l'instant.
Mais, sous la pourpre esclave, un Spectre, au faux sourire,
Courbé devant l'idole, en caressant conspire,
        Et la brise en flattant.

[1] Cette fiction de la tyrannie et de la royauté est tirée d'un Discours sur les devoirs des Rois, adressé à Trajan par Dion Chrysostôme.

A l'aspect de ces lieux qu'il veut réduire en poudre,
Le jeune Alcide appelle et son père et la foudre ;
       Ses vœux sont entendus :
Et tandis qu'approuvant son ardeur généreuse,
Mercure à son espoir montre la cîme heureuse,
       L'autre déja n'est plus.

Dans un temple accessible, une auguste Déesse
D'un front majestueux réunit la noblesse
       Au charme des regards ;
Son trône, d'un or pur, est parsemé d'abeilles,
Ces nourrices d'un Dieu, ces signes des merveilles
       D'un grand peuple et des arts.

Près d'elle est la Justice, à l'œil doux, mais austère ;
Le Génie attentif qui gouverne la terre,
       Et sourit à la paix ;
La Loi, de la Déesse inséparable émule,
La Victoire...... soudain l'impétueux Hercule
       S'y dévoue à jamais.

Le prix d'un si beau choix est l'empire du monde;
Ce qu'Alcide choisit, NAPOLÉON le fonde,

   Monarque créateur;

Son Génie a parlé : l'édifice s'élève;
Son trône le commence, et ton berceau l'achève,

   Enfant conservateur!

www.ingramcontent.com/pod-product-compliance
Lightning Source LLC
Chambersburg PA
CBHW061510170626
46811CB00004B/1685